BIBLIOTHECA THEATRAL

QUASI MINISTRO

COMEDIA EM UM ACTO

POR

MACHADO DE ASSIS

RIO DE JANEIRO
TYP. DA—ESCOLA—DO EDITOR SERAFIM JOSÈ ALVES
83—Rua Sete de Setembro—83

todavia   \C ItaúCultural

Machado de Assis

Quase ministro
Comédia em um ato

Organização e apresentação
Hélio de Seixas Guimarães

_____
Todos os livros de Machado de Assis

7.
Apresentação

15.
Sobre esta edição

19.
——— Quase ministro ———

79.
Notas sobre o texto

81.
Sugestões de leitura

83.
Índice de cenas

Apresentação

Hélio de Seixas Guimarães

Quase ministro é o terceiro livro de Machado de Assis, publicado na sequência de *Desencantos* (1861) e *Teatro* (1863). Ele começou a circular no Rio de Janeiro em 1864, depois de impresso pela Tipografia da Escola do Editor Serafim José Alves. Esse editor baiano, que se estabelecera havia pouco no Rio de Janeiro, era primo de Castro Alves, de quem publicaria vários livros. Antes de aparecer em volume, a peça saiu no *Almanaque Ilustrado da Semana Ilustrada* para o ano de 1864.

Assim como as duas peças reunidas em *Teatro*, "O caminho da porta" e "O protocolo", trata-se de uma comédia em um ato, dividida em catorze cenas. Esse era um formato muito popular à época, como se depreende da lista de "Comédias a 500 rs. cada uma", anexada à primeira edição de *Quase ministro*, com mais de meia centena de comédias em um ato, acompanhadas da listagem de "Monólogos" e "Cançonetas", que aparecem em número muito menor.

Esta é a primeira incursão do escritor na sátira política, que responderia por algumas das melhores páginas dos seus contos e romances, nas quais os aduladores e parasitas são o alvo.

A ação se passa no Rio de Janeiro, em tempo não especificado, mas contemporâneo à publicação. Como nos demais trabalhos até então publicados, o enredo envolve membros da elite, ou pessoas que orbitam em torno dela. A grande diferença é que dessa vez a intriga não se concentra na vida amorosa e no casamento, e envolve um universo exclusivamente masculino (todos os oito personagens da peça são homens), que tem no centro o deputado Luciano Martins e seu primo, o dr. Silveira Borges.

A história é bastante simples: num dia de queda do gabinete de ministros, o que ocorria com bastante frequência durante o Segundo Reinado, os boatos de que o deputado Martins seria nomeado para um ministério atraem uma verdadeira procissão a sua casa.

Os visitantes começam a chegar enquanto ele recebe a visita de um primo, Silveira, que lhe conta sobre o acidente que acabara de sofrer na praia de Botafogo. Montado num alazão, ele literalmente caiu do cavalo depois de ser atingido por um tílburi. Temendo que a notícia da queda saia nos jornais, expondo-o ao ridículo, junto com o primo famoso, Silveira corre para a casa de Martins para contar o episódio, num introito no qual confessa sua paixão pelos cavalos, a seu ver superior a todas as outras paixões:

> É um vício, confesso. Para mim não há outros: nem fumo, nem mulheres, nem jogo, nem vinho; tudo isso que muitas vezes se encontra em um só homem, reuni-o eu na paixão dos cavalos; mas é que não há nada acima de um cavalo soberbo, elegante, fogoso. Olha, eu compreendo Calígula.

A conversa entre os primos é perturbada pela entrada sucessiva de vários tipos de aduladores e aproveitadores, que farejam algum favorecimento do jovem político em ascensão.

Primeiro chega o publicista José Pacheco, que se gaba de escrever artigos nos quais não só explica o quadro político, mas faz vaticínios do que irá acontecer, pondo sua pena à disposição do quase ministro. Depois vem Carlos Bastos, que um dia teve dúvida se seria poeta ou lavrador, mas acabou seguindo os impulsos do gênio para se tornar "filho das musas", como se autointitula; este também se põe a postos para louvar em versos a nova eminência. Em seguida entra o inventor Mateus, criador d'*O raio de Júpiter*, peça de artilharia que dará a soberania do mundo ao país que a possuir, esperançoso de que o futuro ministro interceda em seu favor para vendê-la ao governo. Há também Luís Pereira, o promotor de jantares.

Este último tem a peculiaridade de contar a passagem do tempo pela queda e ascensão dos ministérios. Sempre que sobe um novo, dá um jantar em homenagem ao mais simpático, faz um filho e o dá para ser apadrinhado pelo novo ministro. "Fico eu assim espiritualmente aparentado com todos os gabinetes", justifica. Ao que o primo Silveira acrescenta, num dos seus apartes maliciosos: "O que lhe come o jantar é quem batiza o filho".

Por fim, a casa é invadida por uma dupla, formada por Agapito (na primeira publicação da peça indicado como "janota") e Müller, um empresário alemão interessado em obter subvenção do governo para trazer ao Rio de Janeiro os melhores artistas do mundo para se apresentarem no teatro lírico. Munidos de muita retórica, caprichando nas citações de frases em latim e de personagens clássicos, eles compõem uma galeria e uma série de situações presentes em muitos escritos de Machado de Assis, povoados por medalhões e aproveitadores de vários tipos e calibres.

Ao final da peça, todos os parasitas se encontram reunidos para o desfecho. A queda de cavalo do início se repete, dessa vez de maneira figurada. Cabe então a Silveira enunciar a conclusão: "Um alazão não leva ao poder, mas também não leva à desilusão".

Silveira, por fim, é quem está certo na sua paixão por cavalos, já que a política leva o primo à inevitável decepção com os homens, que se revelam um bando de especuladores, mal conseguindo disfarçar a prevalência dos interesses pessoais sobre os interesses públicos. Ainda que o deputado Martins se mantenha íntegro, não cedendo em nenhum momento ao assédio dos bajuladores, a política aparece como um jogo de pequenos interesses e uma atividade estranha ao bem comum.

Por trás da generalidade dos tipos e das situações, há muitos comentários sutis sobre questões relativas ao tempo e ao espaço da publicação da peça. O início da década de 1860 é marcado pela grande comoção cívica causada pela chamada Questão Christie, impasse diplomático envolvendo Brasil e Reino Unido, que pôs o Rio de Janeiro sob risco de bombardeio britânico. Nesse contexto, a peça de artilharia oferecida por Mateus, que garantiria a soberania do país, era extremamente oportuna e explicitamente oportunista.

Machado de Assis também faz um comentário mordaz sobre a política brasileira no século XIX, baseada no familismo, no apadrinhamento e no favor, que movem os interesseiros à casa do quase ministro. A despeito do que sugerem os nomes dos seus partidos, os políticos liberais e conservadores, também conhecidos como luzias e saquaremas, se revezavam no poder. Muitas vezes confundiam suas posições, o que deu ensejo à famosa frase do político pernambucano Holanda Cavalcanti: "Nada se assemelha mais a um 'saquarema' do que um 'luzia' no poder".

Na sua singeleza, este livro diz muito não só de questões agudas e crônicas do país, mas também da situação do jovem escritor. Solteiro e órfão de pai e mãe, ele ganhava a vida com colaborações na imprensa e em editoras do Rio de Janeiro. Desde 1863, colaborava no *Jornal das Famílias* de Baptiste-Louis Garnier, o mesmo editor que publicaria seu primeiro livro de poemas, *Crisálidas*, ainda em 1864.

Já a "Nota preliminar" que abre o volume esclarece as circunstâncias em que a comédia foi encenada pela primeira vez, oferecendo um mapa das relações pessoais e intelectuais de Machado de Assis no início da década de 1860, momento decisivo para o impulsionamento de sua carreira literária.

A peça foi encenada por amigos em novembro de 1863, na casa dos irmãos Joaquim e Manuel de Melo, famosos pela promoção de saraus literários e artísticos dos quais só podiam participar homens, daí a peça ter apenas personagens masculinos. Essas reuniões faziam parte da vida cultural do Rio de Janeiro nas décadas de 1850 e 1860, que tinha no teatro um epicentro. Nelas, encenavam-se peças, liam-se poemas e apresentavam-se números musicais.

Ainda que ocorressem em âmbito privado, os jornais por vezes publicavam o que se passava nesses saraus. Na edição de 24 de novembro de 1863 do *Diário do Rio de Janeiro* há um relato detalhado da programação e dos presentes ao sarau promovido na rua da Quitanda. Pela semelhança com o texto da "Nota preliminar", o relato do jornal pode muito bem ter sido redigido por Machado de Assis, então colaborador do periódico dirigido por seus amigos Saldanha Marinho e Quintino Bocaiuva.

Com apenas 25 anos, Machado de Assis convivia com pessoas que já tinham ou em breve ganhariam projeção no mundo das artes (o pianista Artur Napoleão, o poeta Faustino Xavier de Novais, o fotógrafo Insley Pacheco, o escritor José Feliciano de Castilho), do comércio (Ernesto Cibrão, Joaquim e Manuel de Melo), do funcionalismo e da política (Morais Tavares, Rosendo Muniz Barreto, Pedro Luís). A composição do grupo mostra também a importância dos imigrantes portugueses estabelecidos no Rio de Janeiro nas relações do escritor, casos dos anfitriões Joaquim e Manuel de Melo, Ernesto Cibrão, Insley Pacheco, Faustino Xavier de Novais e José Feliciano de Castilho.

O evento havia sido organizado em homenagem ao também português Artur Napoleão, músico prodígio, então com vinte anos, que concluía a sua segunda viagem ao Rio de Janeiro. Napoleão era vizinho da família Xavier de Novais, no Porto, e seria ele que em 1868 acompanharia Carolina na sua viagem para o Rio de Janeiro, para onde emigrava em socorro do irmão doente, Faustino, e encontraria Machado de Assis, com quem se casaria no final de 1869, dando início a uma convivência de mais de trinta anos.

Como se nota, estas poucas páginas de comédia ligeira põem pela primeira vez em cena uma dimensão importante dos escritos de Machado de Assis — a comédia política —, e nelas se encontram situações e personagens que definiriam a vida profissional e pessoal do jovem escritor.

Referências bibliográficas

ASSIS, Machado de. *Correspondência de Machado de Assis, tomo I: 1860-1869*. Coord. de Sergio Paulo Rouanet. Org. e comentários de Irene Moutinho e Sílvia Eleutério. Rio de Janeiro: Academia Brasileira de Letras, 2008.

BRASIL. MINISTÉRIO DA EDUCAÇÃO E SAÚDE PÚBLICA. *Exposição Machado de Assis: Centenário do nascimento de Machado de Assis: 1839-1939*. Intr. de Augusto Meyer. Rio de Janeiro: Serviço Gráfico do Ministério da Educação e Saúde, 1939.

CARVALHO, Castelar de. *Dicionário de Machado de Assis: Língua, estilo, temas*. 2. ed. rev. e atual. Rio de Janeiro: Lexikon, 2018.

FARIA, João Roberto (Org.). *Machado de Assis: Do teatro. Textos críticos e escritos diversos*. São Paulo: Perspectiva, 2008.

MACHADO, Ubiratan (Org.). *Machado de Assis: Roteiro da consagração (crítica em vida do autor)*. Rio de Janeiro: EdUERJ, 2003.

_____. *Dicionário de Machado de Assis*. 2. ed. rev. e ampl. São Paulo: Imprensa Oficial; Rio de Janeiro: Academia Brasileira de Letras; Lisboa: Imprensa Nacional, 2021.

SOUSA, José Galante de. *Bibliografia de Machado de Assis*. Rio de Janeiro: Instituto Nacional do Livro, 1955.

_____. *Fontes para o estudo de Machado de Assis*. Rio de Janeiro: Instituto Nacional do Livro, 1958.

_____. "Cronologia de Machado de Assis" [1958]. *Cadernos de Literatura Brasileira: Machado de Assis*, São Paulo, Instituto Moreira Salles, n. 23/24, pp. 10-40, jul. 2008.

Sobre esta edição

Esta edição tomou como base a única publicada em vida do autor, que saiu em 1864 no Rio de Janeiro pela Tipografia da Escola do Editor Serafim José Alves. Para o cotejo, foi utilizado o exemplar pertencente à Biblioteca Brasiliana Guita e José Mindlin, da Universidade de São Paulo. Também foram consultadas a edição preparada por Teresinha Marinho, Carmem Gadelha e Fátima Saadi publicada no volume *Teatro completo de Machado de Assis* (Rio de Janeiro: Ministério da Educação e Saúde, 1982) e a organizada por João Roberto Faria, *Teatro de Machado de Assis* (São Paulo: Martins Fontes, 2003).

O estabelecimento do texto orientou-se pelo princípio da máxima fidedignidade àquele tomado como base, adotando as seguintes diretrizes: a pontuação foi mantida, mesmo quando não está em conformidade com os usos atuais; a ortografia foi atualizada, registrando-se as variantes e mantendo-se as oscilações na grafia de algumas palavras; os sinais gráficos, tais como aspas, apóstrofos e travessões, foram padronizados.

Um dos intuitos desta edição é preservar o ritmo de leitura implícito na pontuação que consta em textos sobre os quais atuaram vários agentes, tais como editores, revisores e tipógrafos, mas cuja publicação foi supervisionada pelo escritor. A indicação das variantes ortográficas e a manutenção do modo de ordenação das palavras e dos grifos são importantes para caracterizar a dicção das personagens e constituem também registros, ainda que indiretos, dos hábitos de fala e de escrita de um tempo e lugar, o Rio de Janeiro do século XIX. Ali, imigrantes, especialmente de Portugal, conviviam com afrodescendentes — como é o caso da família de origem do escritor e também daquela que Machado de Assis constituiu com Carolina Xavier de Novais —, e as referências literárias e culturais europeias estavam muito presentes nos círculos letrados nos quais Machado de Assis se formou e que frequentou ao longo de toda a vida.

Neste volume, foi adotada a forma mais corrente da variante "facto", registrada no *Vocabulário ortográfico da língua portuguesa* (6. ed. Rio de Janeiro: Academia Brasileira de Letras, 2021). Foi respeitada a oscilação entre "dous"/"dois", e mantida a grafia de "cousa".

Para a identificação e atualização das variantes, também foram consultados o *Índice do vocabulário de Machado de Assis*, publicação digital da Academia Brasileira de Letras, e o *Vocabulário onomástico da língua portuguesa* (Rio de Janeiro: Academia Brasileira de Letras, 1999). Os *Vocabulários* e o *Índice* são as obras de referência para a ortografia adotada nesta edição.

Os destaques do texto de base, com itálico ou aspas, foram mantidos. As palavras em língua estrangeira que aparecem sem qualquer destaque foram atualizadas. Nos casos em que as obras de referência são omissas, manteve-se a grafia da edição de base.

Os sinais gráficos foram padronizados da seguinte forma: aspas (" "), apóstrofos ('), reticências (...) e travessões (—).

As abreviaturas adotadas para "sua excelência", "vossa excelência", "vossas excelências" e "vossa senhoria" foram "S. Exa.", "V. Exa.", "V. Exas." e "V. Sa.".

As rubricas foram padronizadas. Os nomes das personagens, na introdução de suas falas, vêm sempre em versalete. Os textos das rubricas aparecem entre parênteses e em itálico.

As intervenções no texto que não seguem os princípios indicados anteriormente ou que não se devem a erros evidentes de composição tipográfica vêm indicadas por notas de fim, chamadas por letras.

As notas de rodapé, chamadas por números, visam elucidar o significado de palavras, referências ou citações não facilmente encontráveis nos bons dicionários da língua ou por meio de ferramentas eletrônicas de busca. Por vezes, elas abordam também o contexto a que se referem os escritos. As deste volume foram elaboradas por Hélio de Seixas Guimarães [HG] e Marcelo Diego [MD].

O organizador agradece a João Roberto Faria pela leitura da apresentação e pelas sugestões.

Machado de Assis

Quase ministro

Comédia em um ato

Nota preliminar

Esta comédia foi expressamente escrita para ser representada em um sarau literário e artístico, dado a 22 de novembro do ano passado (1863),[A] em casa de alguns amigos na rua da Quitanda.

Os cavalheiros que se encarregaram dos diversos papéis foram os Srs. Morais Tavares, Manuel de Melo, Ernesto Cibrão, Bento Marques, Insley Pacheco, Artur Napoleão, Muniz Barreto e Carlos Schramm. O desempenho, como podem atestar os que lá estiveram, foi muito acima do que se podia esperar de amadores.

Pela representação da comédia se abriu o sarau, continuando com a leitura de escritos poéticos e a execução de composições musicais.

Leram composições poéticas os Srs.: conselheiro José Feliciano de Castilho, fragmentos de uma excelente tradução do *Fausto*; Bruno Seabra, fragmentos do seu poema *D. Fuas*, do gênero humorístico, em que a sua musa se distingue sempre; Ernesto Cibrão, uma graciosa e delicada poesia[B] — *O Campo-Santo*; Dr. Pedro Luís — *Os voluntários da morte*, ode eloquente sobre a Polônia; Faustino de Novais, uns sentidos versos de despedida a Artur Napoleão; finalmente, o próprio autor da comédia.

Executaram excelentes pedaços de música, os Srs.: Artur Napoleão, A. Arnaud, Schramm e Wagner, pianistas; Muniz Barreto e Bernardelli, violinistas; Tronconi, harpista; Reichert, flautista; Bolgiani, Tootal, Wilmoth, Orlandini e Ferrand, cantores.

A este grupo de artistas, é de rigor acrescentar o nome do Sr. Leopoldo Heck, cujos trabalhos de pintura são bem conhecidos, e que se encarregou de *ilustrar* o programa do sarau afixado na sala.

O sarau era o sexto ou sétimo dado pelos mesmos amigos, reinando neste, como em todos, a franca alegria e convivência cordial a que davam lugar o bom gosto da direção e a urbanidade dos diretores.

1863[1]

---

1. A data sugere que a "Nota preliminar" tenha sido escrita no final de 1863, entre a encenação da peça, em novembro de 1863, e sua publicação, no início de 1864. [HG]

Personagens

LUCIANO MARTINS, deputado
DR. SILVEIRA
JOSÉ PACHECO
CARLOS BASTOS
MATEUS
LUÍS PEREIRA
MÜLLER
AGAPITO

Ação — Rio de Janeiro

Sala em casa de Martins

Cena primeira
MARTINS, SILVEIRA

SILVEIRA
(*entrando*)
Primo Martins, abraça este ressuscitado!

MARTINS
Como assim?

SILVEIRA
Não imaginas. Senta-te, senta-te. Como vai a prima?

MARTINS
Está boa. Mas que foi?

SILVEIRA
Foi um milagre. Conheces aquele meu alazão?

MARTINS
Ah! basta; história de cavalos... que mania!

SILVEIRA

É um vício, confesso. Para mim não há outros: nem fumo, nem mulheres, nem jogo, nem vinho; tudo isso que muitas vezes se encontra em um só homem, reuni-o eu na paixão dos cavalos; mas é que não há nada acima de um cavalo soberbo, elegante, fogoso. Olha, eu compreendo Calígula.

MARTINS

Mas enfim...

SILVEIRA

A história? É simples. Conheces o meu *Intrépido*? É um lindo alazão! Pois ia eu há pouco, comodamente montado, costeando a praia de Botafogo; ia distraído, não sei em que pensava. De repente, um tílburi que vinha em frente esbarra e tomba. O *Intrépido* espanta-se; ergue as patas dianteiras, diante da massa que ficara defronte, donde saíam gritos e lamentos. Procurei contê-lo, mas qual! Quando dei por mim rolava muito prosaicamente na poeira. Levantei-me a custo; todo o corpo me doía; mas enfim pude tomar um carro e ir mudar de roupa. Quanto ao alazão, ninguém deu por ele; deitou a correr até agora.

MARTINS

Que maluco!

SILVEIRA
Ah! mas as comoções... E as folhas amanhã contando o fato: "DESASTRE. — Ontem, o jovem e estimado Dr. Silveira Borges, primo do talentoso deputado Luciano Alberto Martins, escapou de morrer... etc.". Só isto!

MARTINS
Acabaste a história do teu desastre?

SILVEIRA
Acabei.

MARTINS
Ouve agora o meu.

SILVEIRA
Estás ministro, aposto!

MARTINS
Quase.

SILVEIRA
Conta-me isto. Eu já tinha ouvido falar na queda do ministério.

MARTINS
Faleceu hoje de manhã.

SILVEIRA
Deus lhe fale n'alma!

MARTINS
Pois creio que vou ser convidado para uma das pastas.

SILVEIRA
Ainda não foste?

MARTINS
Ainda não; mas a cousa já é tão sabida na cidade, ouvi isto em tantas partes, que julguei dever voltar para casa à espera do que vier.

SILVEIRA
Muito bem! Dá cá um abraço! Não é um favor que te fazem; mereces, mereces... Ó primo, eu também posso servir em alguma pasta?

MARTINS
Quando houver uma pasta dos alazões... (*batem palmas*) Quem será?

SILVEIRA
Será a pasta?

MARTINS
Vê quem é. (*Silveira vai à porta. Entra Pacheco.*)

Cena II

OS MESMOS, JOSÉ PACHECO

PACHECO

V. Exa. dá-me licença?

MARTINS

Pode entrar.

PACHECO

Não me conhece?

MARTINS

Não tenho a honra...

PACHECO

José Pacheco.

MARTINS

José...

PACHECO

Estivemos há dois dias juntos em casa do Bernardo.[2] Fui-lhe apresentado por um colega da câmara.

---

2. Referência a um conhecido estabelecimento comercial do Rio de Janeiro do século XIX. Pertencia a Bernardo Ribeiro da Cunha e situava-se à rua do Ouvidor. Inicialmente um salão de cabeleireiro e barbearia, passou a vender artigos de perfumaria e também itens finos, como vinhos, chocolates e charutos. [MD]

MARTINS

Ah! (*a Silveira, baixo*) Que me quererá?

SILVEIRA
(*baixo*)

Já cheiras a ministro.

PACHECO
(*sentando-se*)

Dá licença?

MARTINS

Pois não! (*senta-se*)

PACHECO

Então que me diz à situação? Que me diz à situação? Eu já previa isto. Não sei se teve a bondade de ler uns artigos meus assinados — *Armand Carrel*. Tudo o que acontece hoje está lá anunciado. Leia-os, e verá. Não sei se os leu?

MARTINS

Tenho uma ideia vaga.

PACHECO

Ah! pois então há de lembrar-se de um deles, creio que é o IV, não, é o V. Pois nesse artigo está previsto o que acontece hoje, tim-tim por tim-tim.

SILVEIRA

Então V. Sa. é profeta?

PACHECO

Em política ser lógico é ser profeta. Apliquem-se certos princípios a certos fatos, a consequência é sempre a mesma. Mas é mister que haja os fatos e os princípios...

SILVEIRA

V. Sa. aplicou-os?...

PACHECO

Apliquei, sim, senhor, e adivinhei. Leia o meu v artigo, e verá com que certeza matemática pintei a situação atual. Ah! ia-me esquecendo (*a Martins*), receba V. Exa. os meus sinceros parabéns.

MARTINS

Por quê?

PACHECO

Não foi chamado para o ministério?

MARTINS

Não estou decidido.

PACHECO

Na cidade não se fala em outra cousa. É uma alegria geral. Mas, por que não está decidido? Não quer aceitar?

MARTINS

Não sei ainda.

PACHECO

Aceite, aceite! É digno; e digo mais, na atual situação, o seu concurso pode servir de muito.

MARTINS

Obrigado.

PACHECO

É o que lhe digo. Depois dos meus artigos, principalmente o v, não é lícito a ninguém recusar uma pasta, só se absolutamente não quiser servir o país. Mas nos meus artigos está tudo, é uma espécie de compêndio. Demais, a situação é nossa; nossa, repito, porque eu sou do partido de V. Exa.

MARTINS

É muita honra.

PACHECO

Uma vez que se compenetre da situação, está tudo feito. Ora diga-me, que política pretende seguir?

MARTINS

A do nosso partido.

PACHECO

É muito vago isso. O que eu pergunto é se pretende governar com energia ou com moderação. Tudo depende do modo. A situação exige um, mas o outro também pode servir...

MARTINS

Ah!

SILVEIRA
(*à parte*)

Que maçante!

PACHECO

Sim, a energia é... é isso, a moderação entretanto... (*mudando o tom*) Ora, sinto deveras que não tivesse lido os meus artigos, lá vem tudo isso.

MARTINS

Vou lê-los... Creio que já os li, mas lerei segunda vez. Estas cousas devem ser lidas muitas vezes.

PACHECO

Não tem dúvida, como os catecismos. Tenho escrito outros muitos; há doze anos que não faço outra cousa; presto religiosa atenção aos negócios do estado, e emprego-me em prever as situações. O que nunca me aconteceu foi atacar ninguém; não vejo as pessoas, vejo sempre as ideias. Sou capaz de impugnar hoje os atos de um ministro e ir amanhã almoçar com ele.

SILVEIRA
Vê-se logo.

PACHECO
Está claro!

MARTINS
(*baixo a Silveira*)
Será tolo ou velhaco?

SILVEIRA
(*baixo*)
Uma e outra cousa. (*alto*) Ora, não me dirá, com tais disposições, por que não segue a carreira política? Por que se não propõe a uma cadeira no parlamento?

PACHECO
Tenho meu amor-próprio, espero que ma ofereçam.

SILVEIRA
Talvez receiem ofendê-lo.

PACHECO
Ofender-me?

SILVEIRA
Sim, a sua modéstia...

PACHECO
Ah! modesto sou; mas não ficarei zangado.

SILVEIRA
Se lhe oferecerem uma cadeira... está bom. Eu também não; nem ninguém. Mas eu acho que se devia propor; fazer um manifesto, juntar os seus artigos, sem faltar o v...

PACHECO
Esse principalmente. Cito aí boa soma de autores. Eu, de ordinário, cito muitos autores.

SILVEIRA
Pois é isso, escreva o manifesto e apresente-se.

PACHECO
Tenho medo da derrota.

SILVEIRA
Ora, com as suas habilitações...

PACHECO
É verdade, mas o mérito é quase sempre desconhecido, e enquanto eu vegeto nos — *apedidos* dos jornais, vejo muita

gente chegar à cumeeira da fama. (*a Martins*) Ora diga-me, o que pensará V. Exa. quando eu lhe disser que redigi um folheto e que vou imprimi-lo?

MARTINS
Pensarei que...

PACHECO
(*metendo a mão no bolso*)
Aqui lho trago. (*tira um rolo de papel*) Tem muito que fazer?

MARTINS
Alguma cousa.

SILVEIRA
Muito, muito.

PACHECO
Então não pode ouvir o meu folheto?

MARTINS
Se me dispensasse agora...

PACHECO
Pois sim, em outra ocasião. Mas em resumo é isto; trato dos meios de obter uma renda três vezes maior do que a que temos sem lançar mão de empréstimos, e mais ainda, diminuindo os impostos.

SILVEIRA

Oh!

PACHECO

(*guardando o rolo*)
Custou-me muitos dias de trabalho, mas espero fazer barulho.

SILVEIRA

(*à parte*)
Ora espera... (*alto*) Mas então, primo...

PACHECO

Ah! é primo de V. Exa.?

SILVEIRA

Sim, senhor.

PACHECO

Logo vi, há traços de família; vê-se que é um moço inteligente. A inteligência é o principal traço da família de V. Exas. Mas dizia...

SILVEIRA

Dizia ao primo que vou decididamente comprar uns cavalos do Cabo magníficos.[3]

---

3. Os cavalos do Cabo eram uma raça equina originária da África do Sul. Considerado um animal de bom porte e excelentes qualidades, era um item de luxo no século XIX. [MD]

Não sei se os viu já. Estão na cocheira do Major...

PACHECO
Não vi, não senhor.

SILVEIRA
Pois, senhor, são magníficos! É a melhor estampa que tenho visto, todos do mais puro castanho, elegantes, delgados, vivos. O major encomendou trinta; chegaram seis; fico com todos. Vamos nós vê-los?

PACHECO
(*aborrecido*)
Eu não entendo de cavalos. (*levanta-se*) Hão de dar-me licença. (*a Martins*) V. Exa. janta às cinco?

MARTINS
Sim, senhor, quando quiser...

PACHECO
Ah! hoje mesmo, hoje mesmo. Quero saber se aceitará ou não. Mas se quer um conselho de amigo, aceite, aceite. A situação está talhada para um homem como V. Exa. Não a deixe passar. Recomendações a toda a sua família. Meus senhores. (*da porta*) Se quer, trago-lhe uma coleção dos meus artigos?

MARTINS
Obrigado, cá os tenho.

PACHECO
Bem, sem mais cerimônia.

Cena III

MARTINS, SILVEIRA

MARTINS
Que me dizes a isto?

SILVEIRA
É um parasita, está claro.

MARTINS
E virá jantar?

SILVEIRA
Com toda a certeza.

MARTINS
Ora esta!

SILVEIRA
É apenas o começo; não passas ainda de um quase ministro. Que acontecerá quando o fores de todo?

MARTINS
Tal preço não vale o trono.

SILVEIRA
Ora, aprecia lá a minha filosofia. Só me ocupo dos meus alazões, mas quem se lembra de me vir oferecer artigos para ler

e estômagos para alimentar? Ninguém.
Feliz obscuridade!

MARTINS
Mas a sem-cerimônia...

SILVEIRA
Ah! querias que fossem acanhados? São lestos, desembaraçados, como em suas próprias casas. Sabem tocar a corda.

MARTINS
Mas enfim, não há muitos como este. Deus nos livre! Seria uma praga! Que maçante! Se não lhe falas em cavalos, ainda aqui estava! (*batem palmas*) Será outro?

SILVEIRA
Será o mesmo?

Cena IV

OS MESMOS, CARLOS BASTOS

BASTOS
Meus senhores...

MARTINS
Queira sentar-se. (*sentam-se*) Que deseja?

BASTOS
Sou filho das musas.

SILVEIRA
Bem, com licença.

MARTINS
Onde vais?[A]

SILVEIRA
Vou lá dentro falar à prima.

MARTINS
(*baixo*)
Presta-me o auxílio dos teus cavalos.

SILVEIRA
(*baixo*)
Não é possível, este conhece o Pégaso. Com licença.

Cena V

MARTINS, BASTOS

BASTOS

Dizia eu que sou filho das musas... Com efeito, desde que me conheci, achei-me logo entre elas. Elas me influíram a inspiração e o gosto da poesia, de modo que, desde os mais tenros anos, fui poeta.

MARTINS

Sim, senhor, mas...

BASTOS

Mal comecei a ter entendimento, achei-me logo entre a poesia e a prosa, como Cristo entre o bom e o mau ladrão. Ou devia ser poeta, conforme me pedia o gênio, ou lavrador, conforme meu pai queria. Segui os impulsos do gênio; aumentei a lista dos poetas e diminuí a dos lavradores.

MARTINS

Porém...

BASTOS

E podia ser o contrário? Há alguém que fuja à sua sina? V. Exa. não é um exemplo? Não se acaba de dar às suas brilhantes qualidades políticas a mais honrosa sanção? Corre ao menos por toda a cidade.

MARTINS

Ainda não é completamente exato.

BASTOS

Mas há de ser, deve ser. (*depois de uma pausa*) A poesia e a política acham-se ligadas por um laço estreitíssimo. O que é a política? Eu a comparo a Minerva. Ora, Minerva é filha de Júpiter, como Apolo. Ficam sendo, portanto, irmãs. Deste estreito parentesco nasce que a minha musa, apenas soube do triunfo político de V. Exa., não pôde deixar de dar alguma cópia de si. Introduziu-me na cabeça a faísca divina, emprestou-me as suas asas, e arrojou-me até onde se arrojava Píndaro. Há de me desculpar, mas agora mesmo parece-me que ainda por lá ando.

MARTINS
(*à parte*)

Ora dá-se.

BASTOS

Longo tempo vacilei; não sabia se devia fazer uma ode ou um poema. Era melhor o poema, por oferecer um quadro mais largo, e poder assim conter mais comodamente todas as ações grandes da vida de V. Exa.; mas um poema só deve pegar do herói quando ele morre; e V. Exa., por fortuna nossa, ainda se acha entre os vivos. A ode prestava-se mais, era mais curta e mais própria. Desta opinião foi a musa que me inspirou a melhor composição que até hoje tenho feito. V. Exa. vai ouvi-la. (*mete a mão no bolso*)

MARTINS
Perdão, mas agora não me é possível.

BASTOS
Mas...

MARTINS
Dê cá; lerei mais tarde. Entretanto, cumpre-me dizer que ainda não é cabida, porque ainda não sou ministro.

BASTOS
Mas há de ser, deve ser. Olhe, ocorre-me uma cousa. Naturalmente hoje à tarde já isso está decidido. Seus amigos e parentes virão provavelmente jantar com V. Exa.; então no melhor da festa, entre a pera e o queijo, levanto-me eu, como Horácio à mesa de Augusto, e desfio[A] a minha ode! Que acha? É muito melhor, é muito melhor.

MARTINS
Será melhor não a ler; pareceria encomenda.

BASTOS
Oh! modéstia! Como assentas bem em um ministro!

MARTINS
Não é modéstia.

BASTOS
Mas quem poderá supor que seja encomenda? O seu caráter de homem público repele isso, tanto quanto repele o meu caráter de poeta. Há de se pensar o que realmente é: homenagem de um filho das musas a um aluno de Minerva. Descanse, conte com a sobremesa poética.

MARTINS
Enfim...

BASTOS
Agora,ª diga-me, quais são as dúvidas para aceitar esse cargo?

MARTINS
São secretas.

BASTOS
Deixe-se disso; aceite, que é o verdadeiro. V. Exa. deve servir o país. É o que

eu sempre digo a todos... Ah! não sei se sabe: de há cinco anos a esta parte tenho sido cantor de todos os ministérios. É que, na verdade, quando um ministério sobe ao poder, há razões para acreditar que fará a felicidade da nação. Mas nenhum a fez; este há de ser exceção: V. Exa. está nele e há de obrar de modo que mereça as bênçãos do futuro. Ah! os poetas são um tanto profetas.

MARTINS
(*levantando-se*)
Muito obrigado. Mas há de me desculpar. (*vê o relógio*) Devo sair.

BASTOS
(*levantando-se*)
Eu também saio, e terei muita honra de ir à ilharga de V. Exa.

MARTINS
Sim... mas, devo sair daqui a pouco.

BASTOS
(*sentando-se*)
Bem, eu espero.

MARTINS
Mas é que eu tenho de ir para o interior de minha casa; escrever umas cartas.

BASTOS

Sem cerimônia. Sairemos depois e voltaremos... V. Exa. janta às cinco?

MARTINS

Ah! quer esperar?

BASTOS

Quero ser dos primeiros que o abracem, quando vier a confirmação da notícia; quero antes de todos estreitar nos braços o ministro, que vai salvar a nação.

MARTINS
(*meio zangado*)
Pois fique, fique.

Cena VI

OS MESMOS, MATEUS

————————————————

MATEUS

É um criado de V. Exa.

MARTINS

Pode entrar.

BASTOS

(*à parte*)

Será algum colega? chega tarde!

MATEUS

Não tenho a honra de ser conhecido por V. Exa., mas, em poucas palavras, direi quem sou...

MARTINS

Tenha a bondade de sentar-se.

MATEUS

(*vendo Bastos*)

Perdão; está com gente; voltarei em outra ocasião.

MARTINS

Não, diga o que quer, este senhor vai já.

BASTOS

Pois não! (*à parte*) Que remédio! (*alto*) Às ordens de V. Exa.; até logo... não me demoro muito.

Cena VII

MARTINS, MATEUS

MARTINS

Estou às suas ordens.

MATEUS

Primeiramente deixe-me dar-lhe os parabéns; sei que vai ter a honra de sentar-se nas poltronas do Executivo, e eu acho que é do meu dever congratular-me com a nação.

MARTINS

Muito obrigado. (*à parte*) É sempre a mesma cantilena.

MATEUS

O país tem acompanhado os passos brilhantes da carreira política de V. Exa. Todos contam que, subindo ao ministério, V. Exa. vai dar à sociedade um novo tom. Eu penso do mesmo modo. Nenhum dos gabinetes anteriores compreendeu as verdadeiras necessidades da pátria. Uma delas é a ideia que eu tive a honra de apresentar há cinco anos, e para cuja realização ando pedindo um privilégio. Se V. Exa. não tem agora muito que fazer, vou explicar-lhe a minha ideia.

MARTINS

Perdão; mas, como eu posso não ser ministro, desejava não entrar por ora no conhecimento de uma cousa que só ao ministro deve ser comunicada.

MATEUS

Não ser ministro! V. Exa. não sabe o que está dizendo... Não ser ministro é, por outros termos, deixar o país à beira do abismo, com as molas do maquinismo social emperradas... Não ser ministro! Pois é possível que um homem, com os talentos e os instintos de V. Exa., diga semelhante barbaridade? É uma barbaridade. Eu já não estou em mim... Não ser ministro!

MARTINS

Basta, não se aflija desse modo.

MATEUS

Pois não me hei de afligir?

MARTINS

Mas então a sua ideia?

MATEUS

(*depois de limpar a testa com o lenço*)
A minha ideia é simples como água. Inventei uma peça de artilharia; cousa inteiramente nova; deixa atrás de si tudo o que até hoje tem sido descoberto. É um invento

que põe na mão do país, que o possuir, a soberania do mundo.

MARTINS

Ah! Vejamos.

MATEUS

Não posso explicar o meu segredo, porque seria perdê-lo. Não é que eu duvide da discrição de V. Exa.; longe de mim semelhante ideia; mas é que V. Exa. sabe que estas cousas têm mais virtude quando são inteiramente secretas.

MARTINS

É justo; mas diga-me lá, quais são as propriedades da sua peça?

MATEUS

São espantosas. Primeiramente, eu pretendo denominá-la: — *O raio de Júpiter*, para honrar com um nome majestoso a majestade do meu invento. A peça é montada sobre uma carreta, a que chamarei locomotiva, porque não é outra cousa. Quanto ao modo de operar é aí que está o segredo. A peça tem sempre um depósito de pólvora e bala para carregar, e vapor para mover a máquina. Coloca-se no meio do campo e deixa-se... Não lhe bulam. Em começando o fogo, entra a peça a mover-se em todos os sentidos, descarregando bala sobre bala, aproximando-se ou recuando, segundo a necessidade. Basta uma para destroçar um exército; calcule o que não serão umas doze, como esta. É ou não a soberania do mundo?

MARTINS
Realmente, é espantoso. São peças com juízo.

MATEUS
Exatamente.

MARTINS
Deseja então um privilégio?

MATEUS
Por ora... É natural que a posteridade me faça alguma cousa... Mas tudo isso pertence ao futuro.

MARTINS
Merece, merece.

MATEUS
Contento-me com o privilégio... Devo acrescentar que alguns ingleses, alemães e americanos, que, não sei como, souberam deste invento, já me propuseram, ou a venda dele, ou uma carta de naturalização nos respectivos países; mas eu amo a minha pátria e os meus ministros.

MARTINS
Faz bem.

MATEUS
Está V. Exa. informado das virtudes da minha peça. Naturalmente daqui a pouco é ministro. Posso contar com a sua proteção?

MARTINS
Pode; mas eu não respondo pelos colegas.

MATEUS
Queira V. Exa., e os colegas cederão. Quando um homem tem as qualidades e a inteligência superior de V. Exa. não consulta, domina. Olhe, eu fico descansado a este respeito.

Cena VIII

OS MESMOS, SILVEIRA

MARTINS

Fizeste bem em vir. Fica um momento conversando com este senhor. É um inventor e pede um privilégio. Eu vou sair; vou saber novidades. (*à parte*) Com efeito, a cousa tarda. (*alto*) Até logo. Aqui estarei sempre às suas ordens. Adeus, Silveira.

SILVEIRA
(*baixo a Martins*)
Então, deixas-me só?

MARTINS
(*baixo*)
Aguenta-te. (*alto*) Até sempre!

MATEUS
Às ordens de V. Exa.

Cena IX

MATEUS, SILVEIRA

MATEUS

Eu também me vou embora. É parente do nosso ministro?

SILVEIRA

Sou primo.

MATEUS

Ah!

SILVEIRA

Então V. Sa. inventou alguma cousa? Não foi a pólvora?

MATEUS

Não foi, mas cheira a isso... Inventei uma peça.

SILVEIRA

Ah!

MATEUS

Um verdadeiro milagre... Mas não é o primeiro; tenho inventado outras cousas. Houve um tempo em que me zanguei; ninguém fazia caso de mim; recolhi-me ao silêncio, disposto a não inventar mais nada.

Finalmente, a vocação sempre vence; comecei de novo a inventar, mas nada fiz ainda que chegasse à minha peça. Hei de dar nome ao século XIX.

Cena X

OS MESMOS, LUÍS PEREIRA

PEREIRA

S. Exa. está em casa?

SILVEIRA

Não, senhor. Que desejava?

PEREIRA

Vinha dar-lhe os parabéns.

SILVEIRA

Pode sentar-se.

PEREIRA

Saiu?

SILVEIRA

Há pouco.

PEREIRA

Mas volta?

SILVEIRA

Há de voltar.

PEREIRA

Vinha dar-lhe os parabéns... e convidá-lo.

SILVEIRA
Para quê, se não é curiosidade?

PEREIRA
Para um jantar.

SILVEIRA
Ah! (*à parte*) Está feito. Este oferece jantares.

PEREIRA
Está já encomendado. Lá se encontrarão várias notabilidades do país. Quero fazer ao digno ministro, sob cujo teto tenho a honra de falar neste momento, aquelas honras que o talento e a virtude merecem.

SILVEIRA
Agradeço em nome dele esta prova...

PEREIRA
V. Sa. pode até fazer parte da nossa festa.

SILVEIRA
É muita honra.

PEREIRA
É meu costume, quando sobe um ministério, escolher o ministro mais simpático, e oferecer-lhe um jantar. E há uma cousa singular: conto os meus filhos por ministérios. Casei-me em 50; daí para cá, tantos ministérios, tantos filhos. Ora, acontece

que de cada pequeno meu é padrinho um ministro, e fico eu assim espiritualmente aparentado com todos os gabinetes. No ministério que caiu, tinha eu dous compadres. Graças a Deus, posso fazê-lo sem diminuir as minhas rendas.

SILVEIRA
(*à parte*)
O que lhe come o jantar é quem batiza o filho.

PEREIRA
Mas o nosso ministro, demorar-se-á muito?

SILVEIRA
Não sei... ficou de voltar.

MATEUS
Eu peço licença para me retirar. (*à parte, a Silveira*) Não posso ouvir isto.

SILVEIRA
Já se vai?

MATEUS
Tenho voltas que dar; mas logo cá estou. Não lhe ofereço para jantar, porque vejo que S. Exa. janta fora.

PEREIRA
Perdão, se me quer dar a honra.

MATEUS
Honra... sou eu que a recebo... aceito, aceito com muito gosto.

PEREIRA
É no Hotel Inglês, às cinco horas.

Cena XI

OS MESMOS, AGAPITO, MÜLLER

SILVEIRA

Oh! entra, Agapito!

AGAPITO

Como estás?

SILVEIRA

Trazes parabéns?

AGAPITO

E pedidos.

SILVEIRA

O que é?

AGAPITO

Apresento-te o Sr. Müller, cidadão hanoveriano.

SILVEIRA
(*a Müller*)

Queira sentar-se.

AGAPITO

O Sr. Müller chegou há quatro meses da Europa e deseja contratar o teatro lírico.

SILVEIRA

Ah!

MÜLLER

Tenho debalde perseguido os ministros, nenhum me tem atendido. Entretanto, o que eu proponho é um verdadeiro negócio da China.

AGAPITO

(*a Müller*)
Olhe, que não é ao ministro que está falando, é ao primo dele.

MÜLLER

Não faz mal. Veja se não é negócio da China. Proponho fazer cantar os melhores artistas da época. Os senhores vão ouvir cousas nunca ouvidas. Verão o que é um teatro lírico.

SILVEIRA

Bem, não duvido.

AGAPITO

Somente, o Sr. Müller pede uma subvenção.

SILVEIRA

É justo. Quanto?

MÜLLER

Vinte e cinco contos por mês.

MATEUS
Não é má; e os talentos do país? Os que tiverem à custa do seu trabalho produzido inventos altamente maravilhosos? O que tiver posto na mão da pátria a soberania do mundo?

AGAPITO
Ora, senhor! A soberania do mundo é a música que vence a ferocidade. Não sabe a história de Orfeu?

MÜLLER
Muito bem!

SILVEIRA
Eu acho a subvenção muito avultada.

MÜLLER
E se eu lhe provar que não é?

SILVEIRA
É possível, em relação ao esplendor dos espetáculos; mas nas circunstâncias do país...

AGAPITO
Não há circunstâncias que procedam contra a música... Deve ser aceita a proposta do Sr. Müller.

MÜLLER
Sem dúvida.

AGAPITO

Eu acho que sim. Há uma porção de razões para demonstrar a necessidade de um teatro lírico. Se o país é feliz, é bem que ouça cantar, porque a música confirma as comoções da felicidade. Se o país é infeliz, é também bom que ouça cantar, porque a música adoça as dores. Se o país é dócil, é bom que ouça música, para nunca se lembrar de ser rebelde. Se o país é rebelde, é bom que ouça música, porque a música adormece os furores, e produz a brandura. Em todos os casos, a música é útil. Deve ser até um meio de governo.

SILVEIRA

Não contesto nenhuma dessas razões; mas meu primo, se for efetivamente ministro, não aceitará semelhante proposta.

AGAPITO

Deve aceitar; mais ainda, se és meu amigo, deves interceder pelo Sr. Müller.

SILVEIRA

Por quê?

AGAPITO

(*baixo a Silveira*)
Filho, eu namoro a prima-dona! (*alto*) Se me perguntarem quem é a prima-dona, não saberei responder; é um anjo e um

diabo; é a mulher que resume as duas naturezas, mas a mulher perfeita, completa, única. Que olhos! que porte! que donaire! que pé! que voz!

SILVEIRA

Também a voz?

AGAPITO

Nela não há primeiros ou últimos merecimentos. Tudo é igual; tem tanta formosura, quanta graça, quanto talento! Se a visses! Se a ouvisses!

MÜLLER

E as outras? Tenho uma andaluza... (*levando os dedos à boca, e beijando-os*) divina! É a flor das andaluzas!

AGAPITO

Tu não conheces as andaluzas.

SILVEIRA

Tenho uma que me mandaram de presente.

MÜLLER

Pois, senhor, eu acho que o governo deve aceitar com ambas as mãos a minha proposta.

AGAPITO
(*baixo a Silveira*)
E depois, eu acho que tenho direito a este obséquio; votei com vocês nas eleições.

SILVEIRA
Mas...

AGAPITO
Não mates o meu amor ainda nascente.

SILVEIRA
Enfim, o primo resolverá.

Cena XII

OS MESMOS, PACHECO, BASTOS

PACHECO

Dá licença?

SILVEIRA

(*à parte*)

Oh! aí está toda a procissão!

BASTOS

S. Exa.?

SILVEIRA

Saiu. Queiram sentar-se.

PACHECO

Foi naturalmente ter com os companheiros para assentar na política do gabinete. Eu acho que deve ser a política moderada. É a mais segura.

SILVEIRA

É a opinião de nós todos.

PACHECO

É a verdadeira opinião. Tudo o que não for isto é sofismar a situação.

BASTOS

Eu não sei se isso é o que a situação pede; o que sei é que S. Exa. deve colocar-se na altura que lhe compete, a altura de um Hércules. O déficit é o leão de Nemeia; é preciso matá-lo. Agora se para aniquilar esse monstro, é preciso energia ou moderação, isso não sei; o que sei é que é preciso talento e muito talento, e nesse ponto ninguém pode ombrear com S. Exa.

PACHECO

Nesta última parte concordamos todos.

BASTOS

Mas que moderação é essa? Pois faz-se jus aos cantos do poeta e ao cinzel do estatuário com um sistema de moderação? Recorramos aos heróis... Aquiles foi moderado? Heitor foi moderado? Eu falo pela poesia, irmã carnal da política, porque ambas são filhas de Júpiter.

PACHECO

Sinto não ter agora os meus artigos. Não posso ser mais claro do que fui naquelas páginas, realmente as melhores que tenho escrito.

BASTOS

Ah! V. Sa. também escreve?

PACHECO
Tenho escrito vários artigos de apreciação política.

BASTOS
Eu escrevo em verso; mas nem por isso deixo de sentir prazer, travando conhecimento com V. Sa.

PACHECO
Oh! senhor.

BASTOS
Mas pense, e há de concordar comigo.

PACHECO
Talvez... Eu já disse que sou da política de S. Exa.; e contudo ainda não sei (para falar sempre em Júpiter)... ainda não sei se ele é filho de Júpiter *Liberator* ou Júpiter *Stator*;[4] mas já sou da política de S. Exa.; e isto porque sei que, filho de um ou de outro, há de sempre governar na forma indicada pela situação, que é a mesma já prevista nos meus artigos, principalmente o v...

---

4. São muitos os epítetos associados a Júpiter, alguns destacando características opostas, como "o Libertador" e "o Sustentador" referidos aqui. [HG]

Cena XIII
OS MESMOS, MARTINS

BASTOS

Aí chega S. Exa.

MARTINS

Meus senhores...

SILVEIRA
(*apresentando Pereira*)

Aqui o senhor vem convidar-te para jantar com ele.

MARTINS

Ah!

PEREIRA

É verdade; soube da sua nomeação e vim, conforme o coração me pediu, oferecer-lhe uma prova pequena da minha simpatia.

MARTINS

Agradeço a simpatia; mas o boato que correu hoje, desde manhã, é falso... O ministério está completo, sem mim.

TODOS

Ah!

MATEUS
Mas quem são os novos?

MARTINS
Não sei.

PEREIRA
(*à parte*)
Nada, eu não posso perder um jantar e um compadre.

BASTOS
(*à parte*)
E a minha ode? (*a Mateus*) Fica?

MATEUS
Nada,^A eu vou. (*aos outros*) Vou saber quem é o novo ministro para oferecer-lhe o meu invento...

BASTOS
Sem incômodo, sem incômodo.

SILVEIRA
(*a Bastos e Mateus*)
Esperem um pouco.

PACHECO
E não sabe qual será a política do novo ministério? É preciso saber. Se não for a moderação, está perdido. Vou averiguar isso.

MARTINS
Não janta conosco?

PACHECO
Um destes dias... obrigado... até depois...

SILVEIRA
Mas esperem: onde vão? Ouçam ao menos uma história. É pequena, mas conceituosa. Um dia anunciou-se um suplício. Toda gente correu a ver o espetáculo feroz. Ninguém ficou em casa: velhos, moços, homens, mulheres, crianças, tudo invadiu a praça destinada à execução. Mas, porque viesse[A] o perdão à última hora, o espetáculo não se deu e a forca ficou vazia. Mais ainda: o enforcado, isto é, o condenado, foi em pessoa à praça pública dizer que estava salvo e confundir com o povo as lágrimas de satisfação. Houve um rumor geral, depois um grito, mais dez, mais cem, mais mil romperam de todos os ângulos da praça, e uma chuva de pedras deu ao condenado a morte de que o salvara a real clemência. — Por favor, misericórdia para este. (*apontando para Martins*) Não tem culpa nem da condenação, nem da absolvição.

PEREIRA
A que vem isto?

PACHECO
Eu não lhe acho graça alguma!

BASTOS
Histórias da carochinha!

MATEUS
Ora adeus! Boa tarde.

OS OUTROS
Boa tarde.

Cena XIV

MARTINS E SILVEIRA

MARTINS
Que me dizes a isto?

SILVEIRA
Que hei de dizer! Estavas a surgir... dobraram o joelho: repararam que era uma aurora boreal, voltaram as costas e lá se vão em busca do sol... São especuladores!

MARTINS
Deus te livre destes e de outros...

SILVEIRA
Ah! livra... livra. Afora os incidentes como o de Botafogo... ainda não me arrependi das minhas loucuras, como tu lhes chamas. Um alazão não leva ao poder, mas também não leva à desilusão.

MARTINS
Vamos jantar.

Notas sobre o texto

p. 21   A. Na edição de 1864, consta "1862", data incorreta, já que a peça foi encenada em novembro de 1863. A vírgula depois de "passado" foi deslocada.
B. Na edição de 1864, "dedicada".
p. 42   A. Na edição de 1864, "vás", em construção hoje pouco usual, mas frequente nos escritos de Machado de Assis.
p. 45   A. Na edição de 1864, "desafio".
p. 46   A. Na edição de 1864, é incerto se há a vírgula depois de "agora", inserida aqui seguindo Marinho e Faria.
p. 73   A. Foi inserida a vírgula.
p. 74   A. Na edição de 1864, "visse".

Sugestões de leitura

FARIA, João Roberto. *Ideias teatrais: O século XIX no Brasil*. São Paulo: Perspectiva, 2001.

LOYOLA, Cecília. *Machado de Assis e o teatro das convenções*. Rio de Janeiro: Uapê, 1997.

MAGALHÃES JÚNIOR, Raimundo. *Vida e obra de Machado de Assis*. 2. ed. rev. e ampl. pelo autor. Rio de Janeiro: Record, 2008. v. 1.

MASSA, Jean-Michel. *A juventude de Machado de Assis, 1839-1870: Ensaio de biografia intelectual*. 2. ed. São Paulo: Ed. Unesp, 2009.

MENDONÇA, Maurício Arruda. "'Quase ministro' — opinião pública e ilusões da vaidade". *Miscelânea*, Assis, v. 12, pp. 153-68, jul./dez. 2012. Disponível em: <seer.assis.unesp.br/index.php/miscelanea/article/view/324>. Acesso em: 17 abr. 2022.

PEREIRA, Lúcia Miguel. "Machadinho". In: _____. *Machado de Assis (Estudo crítico e biográfico)* [1936]. 6. ed. Belo Horizonte: Itatiaia; São Paulo: Edusp, 1988, pp. 88-106.

PINTO, Nilton de Paiva. "*Quase ministro*: Era uma vez um cavalo". *Machado de Assis em Linha*, São Paulo, v. 14, 2021. Disponível em: <doi.org/10.1590/1983-682120211422>. Acesso em: 31 mar. 2022.

SOUSA, José Galante de. *O teatro no Brasil*. Rio de Janeiro: Instituto Nacional do Livro, 1960. 2 v.

TORNQUIST, Helena. *As novidades velhas: O teatro de Machado de Assis e a comédia francesa*. São Leopoldo: Ed. Unisinos, 2002.

VIEIRA, Anco Márcio Tenório. "Machado de Assis e o teatro nacional". *Revista USP*, São Paulo, n. 26, pp. 182-94, jun./jul./ago. 1995.

_____. "A crítica teatral de Machado de Assis". *Luso-Brazilian Review*, Madison, v. 35, n. 2, pp. 37-51, inverno 1998.

_____. "Alguns aspectos de metalinguagem no teatro de Machado de Assis". *Revista Graphos*, João Pessoa, v. 12, n. 1, pp. 119-34, 2010. Disponível em: <periodicos.ufpb.br/index.php/graphos/article/view/9858>. Acesso em: 23 ago. 2021.

Índice de cenas

Quase ministro. 19
   Nota preliminar 21
   Cena primeira. 25
   Cena II 29
   Cena III 40
   Cena IV. 42
   Cena V 43
   Cena VI. 49
   Cena VII 51
   Cena VIII. 56
   Cena IX. 57
   Cena X 59
   Cena XI 63
   Cena XII 69
   Cena XIII. 72
   Cena XIV 76

FUNDAÇÃO ITAÚ

PRESIDENTE DO CONSELHO CURADOR
Alfredo Setubal

PRESIDENTE
Eduardo Saron

ITAÚ CULTURAL

SUPERINTENDENTE
Jader Rosa

NÚCLEO CURADORIAS E PROGRAMAÇÃO ARTÍSTICA

GERÊNCIA
Galiana Brasil

COORDENAÇÃO
Andréia Schinasi

PRODUÇÃO-EXECUTIVA
Roberta Roque

AGRADECIMENTO
Claudiney Ferreira

TODAVIA

TRANSCRIÇÃO DE TEXTO
Fernando Borsato dos Santos

COTEJO E REVISÃO TÉCNICA
Marcelo Diego

LEITURA CRÍTICA
Luciana Antonini Schoeps

CONSULTORIA
Paulo Dutra

ASSISTÊNCIA EDITORIAL
Gabrielly Alice da Silva
Karina Okamoto
Mario Santin Frugiuele

PREPARAÇÃO
Erika Nogueira Vieira

REVISÃO
Jane Pessoa
Huendel Viana

PRODUÇÃO EDITORIAL E GRÁFICA
Aline Valli

PROJETO GRÁFICO
Daniel Trench

COMPOSIÇÃO
Estúdio Arquivo
Hannah Uesugi

REPRODUÇÃO DA PÁGINA DE ROSTO
Nino Andrés

TRATAMENTO DE IMAGENS
Carlos Mesquita

© Todavia, 2023
© *organização e apresentação*,
Hélio de Seixas Guimarães, 2023

Todos os direitos desta edição
reservados à Todavia.

Este volume faz parte da coleção
Todos os livros de Machado de Assis.

Dados Internacionais de Catalogação
na Publicação (CIP)

Assis, Machado de (1839-1908)
  Quase ministro : Comédia em um ato / Machado de Assis ; organização e apresentação Hélio de Seixas Guimarães. — 2. ed. — São Paulo : Todavia, 2024.
(Todos os livros de Machado de Assis).

  Ano da primeira edição original: 1864
  ISBN 978-65-5692-619-3
  ISBN da coleção 978-65-5692-697-1

  1. Literatura brasileira. 2. Teatro. I. Assis, Machado de. II. Guimarães, Hélio de Seixas. III. Título.

CDD B869.2

Índice para catálogo sistemático:
1. Literatura brasileira : Teatro B869.2

Bruna Heller — Bibliotecária — CRB 10/2348

todavia

Rua Luís Anhaia, 44
05433.020 São Paulo SP
T. 55 11. 3094 0500
www.todavialivros.com.br

As edições de base que deram origem aos 26 volumes da coleção Todos os livros de Machado de Assis oferecem um panorama tipográfico exuberante, como atestam as páginas de rosto incluídas no início de cada obra. Por meio delas, vemos as famílias tipográficas em voga nas oficinas de Paris e do Rio de Janeiro, no momento em que Machado de Assis publicava seus livros. Inspirado por esse conjunto de referências, o designer de tipos Marconi Lima desenvolveu a Machado Serifada, fonte utilizada na composição desta coleção. Impresso em papel Avena pela Forma Certa.